AF460821

585 - 75

Catalogues 31
Affiches 10 75

			Frais 30 %		
Le Marechal payé 24 rue du Chateau a Montmartre	311 25		93 30	1 25	216 70
amel Mederic de St Salvy payé 38 rue Bellefond	122		36 60	40	85
Marais libraire a Dieppe	10 25		3		7 25
Delille (Madame payé 10 rue de tour des dames	58 25		17 50	2 50	38 25
Cornette (Madame non catalogue payé rue St Martin 91	34 25		8 50		25 75
Lelogeais payé	29 50		8 85		20 65
Picot payé	9 75		3		6 75
Dupuis payé non catalogué	3				2 75
Moureau payé	3 50		1 05		2 45
	4				
	585 76				

NOTICE

D'ESTAMPES

ORNEMENTS

Écoles Diverses et Françaises XVIIIe siècle

DESSINS DE FORTICATIONS

ET AUTRES

DONT LA VENTE AURA LIEU

HOTEL DES COMMISSAIRES-PRISEURS

Rue Drouot, no 5

SALLE No 6, AU 1er ÉTAGE

15 avril

Par le ministère de Me **DELBERGUE-CORMONT**, Commre-Priseur,
rue de Provence, 8,

Assistés de **M. VIGNÈRES**, marchand d'Estampes,
rue de la Monnaie, 13, à l'entresol, entrée rue Baillet, 1,

Chez lequel se distribue la Notice.

EXPOSITION PUBLIQUE

PARIS — 1862

CONDITIONS DE LA VENTE

Elle sera faite au comptant.

Les acquéreurs paieront en sus des adjudications, CINQ pour CENT, applicables aux frais.

			Report	80	50
103	Marechal	72 p.		3	
	Lel.	70 vignettes	Ollivier	2	25
	—	67 p.		4	25
	Marais	18 p.		2	25
	Delille	26 planches		2	
				94	25
			frais 5%	4	75
				99	

Bordereau

No.				
7	Cock 11 ornemens	Hardion	4	
9	Hertel 4 rocaille		1	50
11	Lalonde	Berard	3	
12	Lepautre	Hardion	1	
19	Toro	Berard	13	
32	Beham l'amour a l'alphabet		3	50
37.	Boucher enfans		4	
42	Delorme		1	50
49	Fragonard	Ollivier	9	
50	Freudeberg		9	
52	Gravelot	Goncourt	9	
58	Ozanne		1	25
59	Parizeau		1	50
69	Vivier	Hardion	2	
70	Watteau	Ollivier	1	50
71	Watelet	Hardion	2	50
73	Portrait 3p.		1	
74	~~Voltaire~~ 3p		1	
75	femmes 5p. abeillard		1	50
91	Copies 56 p.		1	50
96	Dessins 2p.	Chenevière	2	
—	— 2 Turc etc		1	50
103	la Sieste		1	
	73 pièces Cornette		2	
	30 Deroy d°		1	50
		Report à la suite	80	25

Marechal		Narain	Delelle	o
1	25			
1				
1				
1	25			
1	25			
4				
		1		
1	50			
1	75			
3				
1				
2	75			
3				
5				
1	50			
1				
13				
43	25	1		

[illegible] 1.50

B[illegible] 15

Ma[illegible] 3.10

B[illegible] 18

DÉSIGNATION

DES

ESTAMPES

1 Ornements arabesques. 69 p.

2 **Babel.** Cartouche, architecture. 4 p.

3 **Bossi.** Trophées d'armes, 4. — Fleurons de Fokke. 6 p.

4 **Boucher** (d'ap.). Écrans, Bergères, Chinois. 4 p.

5 **Boucher** fils. Meubles et par divers. 18 p.

6 **Charmeton.** Corniches. 4 feuilles superbes.

7 **Cock.** Onze motifs d'ornements sur 3 feuilles.

8 **Columbani.** Panneaux d'arabesques. 32 p.

9 **Hertel.** Sujets rocailles. 4 p. à deux motifs.

10 **Labelle.** Cartouches, Vases, Frises. 31 p.

11 **Lalonde.** Flambeau, orfèvrerie. 9 p.

12 **Lepautre.** Cartouche blanc, etc. 2 p.

13 **Leroux.** Intérieurs d'appartement, Pillement, etc. 16 p.

14 **Marot.** Vases. 5 p. Rares.

15 **Oppenort.** Titre, Panneaux. 3 p.

16 **Poulleau.** Ordres d'architecture avec cartouches. 35 p.

17 **Ranson.** Groupe de fleurs. 3 p.

18 **Reiff.** Frises pour bordures. 4 p. à deux motifs.

19 **Toro.** Cartouche, Vases, Panneau. 7 p.

20 **Walis**, architecte. Détails pour cheminées. 36 p.

21 **Watteau**. Arabesques, Marchand d'orviétan, Favorite de Flore, les Saisons, la Coquette, etc. 14 p. Sera divisé.

22 **Weigel**. Arabesques. 6 p.

23 **Wolf** *ex*. Enroulements d'ornements. 6 p.

24 — Ornements divers, Chapiteaux, Trophées, etc. 26 p.

25 — par divers. Environ 96 p.

26 — L'art au XIXe siècle, d'après Boucher, Ranson, etc. Plusieurs lots.

27 — Calques d'après tous les maîtres. Collection de près de 1,200 motifs. Sur 230 feuilles.

28 **Anonyme**. Les Enfants grondés. Pièce rare dans le goût de Greuze. — Mère faisant des reproches à un garçon et une fille près de la bonne qui tient les verges ; au fond, à droite, une petite fille lit près de la cheminée.

29 **I. B. et Th. de Bry**. Divers. 6 p.

30 **Beham** (B.). Amours et Vase. Non décrite.

31 **Beham** (S.). Triton et Nymphe, 87. 1er état.

32 — L'Amour à l'alphabet, 229.

33 — Les Génies tenant des armoiries. 258-259.

34 **Berghem**. Animaux. Compositions. 28 p. par et d'après.

35 **Bernard**. Pièces en bois. 15 p.

36 **Boucher** (d'ap.) Enfants, Cérès, etc. 11 p.

37 — Groupes d'enfants. Sup. ép. 10 p.

38 **Callot**. Massacre des Innocents, S. Livarius, les Quatre Banquets, le Jeu de boules, Misères, Costumes, Apôtres, Gueux, Tour de Nesle, etc. 150 p. par et d'ap. Seront divisés.

Lelogeais	Delille	Marais	Marechal
		1	43 25
		1 50	
			22
			1
			1 50
			1 50
			3 25
1			
3 50			
			7 50
			3 50
	1		
			5
			2
			1
			3 50
			5
	3		
			0
			3
			4
			1
4 50	4	2 50	4
			2 50
			114 50

M Le Marechal

					Report	49	
220	144 / 76 animaux	1		7	Dessin	1	
39		2		6	Nilson etc	6	
105		2	50	19	Costumes turcs	2	5[illegible]
80		1	75	17		1	
169	51 / 118	3		33		2	7[illegible]
200		1	75	34 / 75 } 109	dessin	2	2[illegible]
55		1	50	61 / 12 } 73		2	5[illegible]
60		2	25	31		2	
12	p. dont 1 dessin apporté	1	25	26		4	
11	Sanguines	2	75	34	Etudes	2	50
13	portraits, etc	3	25	72	Vig	3	
14	Sanguine	1	25			78	5[illegible]
27		2	50				
22	lithog	2					
36		1	25				
71		2					
20		3	50				
20		2	50				
70		2	25				
37		3	50				
150	Dessins et portef.	3	50				
15	Dessins	1	75				
		49					

296 rue St Martin

Madame Cornette				M. Lelogeais			
30 Buffon noir et coul	4		n° 78	118 / 100 } 218		1	25
135 {45 / 90 Vignettes	1	75		72 representa		1	25
73 Vignettes Vig	2			75 represen		1	25
35 [illegible]	1			75 portraits		2	75
47 [illegible]	4		n° 26	2 lots		4	50
37 Vignettes anglaises	3	50	n° 84	12 / 50 Vignettes		1	25
158	3	25	85	77 Vignettes		1	25
				65 —		3	75
30 Deroy Vig	1	50		90 —	Vig	2	25
55 25 Deroy / 30 Gudin etc	1	75	n° 103	67 p.		4	25
30 Voyage Cologne	1	50		42 fleurs		1	25
42 Moyen age	5	50		100 p.		3	50
20 Vernet Isabey	1	50		28 Dessins		1	
45 Lithographies	1	75				29	50
6 tres grandes p.	1	25					
	34	25					

Marechal	Delille	Moureau	
114 50			
4	report 4		
1			
1			
1 50			
	3 50		
	6 50		
4 25			
6 50			
		3 50	
			[illegible] 9
9			
	9		
6 50			
9			Goncourt 12 50
4 50			
1			
3			
	5 50		
1			
1 25			
1 50			
7			
177 50	28 50	3 50	

39 **Chardin** (d'ap.) La Fille au volant. Très-belle.

40 **Charpentier.** L'Emplette inutile. Belle.

41 **Cochin** (d'ap.). Sylvie délivrée par Amynte.

42 **Delarue.** Bacchanales. Eaux-fortes. 6 p.

43 **Demarne.** Sujets à l'eau-forte. 16 p.

44 **Desnoyers.** Bélisaire avec le cachet à deux têtes.

45 **Dietricy** ET **Bourdon** (Séb.). 5 eaux-fortes.

46 **Eisen** (d'ap.). Fins de pages, etc. 78 motifs sur 39 feuilles.

47 **Fac-simile**, d'ap. Guerchin, etc. 21 p.

48 **Fessard.** La Cage symbolique, d'ap. le Peintre. Belle.

49 **Fragonard.** Les Quatre Satyres, etc. Robert. 9 p.

50 **Freudeberg** (d'ap.). La Promenade du matin. Belle ép.

51 **Goya.** Le Patient au carcan. Eau-forte.

52 **Gravelot.** Divers croquis à l'eau-forte et 2 autres p. attribuées. 3 p.

53 **Huet.** Leprince, Kobell. En tout, 21 p.

54 **Leu** (Th. de). Henri IV à cheval. — L. de B. Condé. 2 p.

55 **Lucas de Leyde.** Saint Christophe. 108.

56 **Martinet.** Sommeil de Jésus, d'ap. Raphaël.

57 **Norblin.** Diverses eaux-fortes, 10 p.

58 **Ozanne.** Petit volume de 35 navires, etc. 44 p.

59 **Pariseau.** Sacrifice aux Grâces. Très-jolie pièce.

60 **Saenredam.** Les Sept Planètes, d'ap. Goltzius. Belles.

61 **Saint Aon.** Enfants voltigeant, Enlèvement, 2 p.

62 **Schmidt.** Scènes mythologiques. 6 p.

63 **Silvestre.** Pont et vieux château de Rouen. 3 p.

64 **Stephanus.** Léda et autres. 13 p.

65 — Sujets mythologiques. 12 p.

66 **Tortebat.** Description du tombeau de Louis XV.

67 **Uytembrouch.** Paysage à l'âne chargé (52).

68 **Visscher.** Buste de femme, le Nègre. 2 p.

69 **Vivier.** Titre pour une histoire de Marie-Antoinette. Eau-forte. Rare.

70 **Watteau.** Arlequin, Pierrot et Scapin, etc. 2 p.

71 **Watelet.** Curys. — Poisson. 2 portraits.

72 **Wilborn.** Sacrifice à Priape. Rare.

73 Portraits. Louis XIII. — Louis XV. 3 p.

74 — Voltaire et l'Ane et la Lyre (Freron). 3 p.

75 — Femmes, Lecouteux, Dumoley, Salmon, etc. 5 p.

76 Portraits divers. 45 p.

77 Portraits de personnages célèbres : ecclésiastiques, littérateurs, etc. In-8 et in-fol. rognés. Environ 400 p. Formeront plusieurs lots.

78 Portraits anciens et modernes. Plusieurs lots.

79 Images religieuses sur vélin, découpées à jour, coloriées. Vierges, B. Labre et saints divers. 15 p.

80 Cottage, Pavillons pour parc, par Dean. 18 p.
Villas, Maisons de campagne, par Loing. 34 p.
Pavillons, Villas, par Plaw. 41 p.
Fermes, Habitations rustiques. 38 p.

81 Vues de Russie, par Damame et Demartrois, avec les voitures, par Debucourt. 36 pl. in-fol.

…ortiman 7 50

[illegible]

…ardrain 325

…iviet …ction

Picot	Lelogeais	Marois	Delile	Marechal
	4 50	2 50	28 50	177 50
				1 25
				1 25
				2 25
				2 25
				1 75
				0
				1 25
				0
				2
				1 50
				2 50
				3
				1
				1
				1 50
1 75	1 25		3 50	
1 75	1 25			
2 50	1 25			
2	2 75			
1 75				
		1		
		2 25		
			3	
9 75	11 00	5 75	35 00	200 00

Marechal	Delblé	Marais	Leloy	Camel
200 –	35			
	2 50	5 75	11	5
		1 25	1 25	3
			3 75	1
			2 25	
			1 25	
	2 25			
	1 25			
	1			
	1 50			
		1		
		1		
1				
1 50				
4				
				3 75
				4 25
				3 50
				5
				1 75
				3
				3 50
				1 25
				1
				1 50
				5
				2 25
				4 50
				2
				1 50
				52
206 50	43 50	8	19 50	102 75
		2 25 (n°103 18 p)	4 25	
		10 25	1 25	
			3 50	
			1	
			29 50	

Missions

3
3
5
40

anima
Bega
Berghe
Bath, E
Perelle

Biscain

Chanevreau 3
Baithy
Chatelet Chancerelle
1
1
2

n°103
67 pièces
42 fleurs
100
28 dessins

82 Illustration pour Racine de Didot. 55 planches in-fol., d'après les meilleurs artistes.

83 Vignettes anglaises. 41 p.

84 Vignettes pour La Fontaine, d'ap. Bergeret. 12 p. in-8.

85 Vignettes pour divers ouvrages. Plusieurs lots.

86 Paysages. Diverses écoles. 47 p.

87 Architecture, Monuments. 48 p.

88 Têtes et sujets, sanguine. 24 p.

89 Vues de villes, divers pays. 160 p.

90 Cartes de tous les pays (230) par Sanson d'Abbeville.

91 **Copies** de Watteau, Goya, Boucher. Ornements, petits maîtres exécutés par un procédé lithographique. Environ 30 p. différentes.

92 **École allemande.** Petits maîtres, Lucas de Leyde. 49 p.

93 **École flamande.** Berghem, Both, Bega, Ostade, Rembrandt, Rubens, Waterloo, etc. Plusieurs lots.

94 **École française.** Callot, Pérelle, Poussin, Paysages, Eaux-fortes, Sujets du XVIIIe siècle, etc. Plusieurs lots.

95 **École italienne.** Eaux-fortes : Biscaino, Carrache, Tiépolo, Piranesi, Paysages et plusieurs lots.

96 **Dessins** de Boilly — Bourguignon — Cambiasi — Chatelet — Desfriches — Desmoulins — Desprez — Duperreux — Heyden — Hilaire — Hubert — Goyen — Lallemand — Meynier — Nicolle — Parrocel fils — Pequegnot — Gabriel de Saint-Aubin — Swebach — J. Vernet. Environ 25 p.

97 — Enfer du Dante. 30 p.

98 — Paysages, Architecture, Ornements, Sujets divers, Têtes et Académies d'hommes et de femmes, Lafargue, Lagrenée, etc. Plusieurs lots.

99 Dessins, Vignettes pour illustration à l'encre de Chine. 19 p. Pourra être divisé.

100 Environ 1,500 Dessins, Plans, Coupes, Élévation de monuments, Églises, Théâtres, Machines, Fortifications de Strasbourg et autres villes, Forage et Fonte des canons, Affûts, Outils, etc. Formeront plusieurs lots. 2 plans et élévation sont signés : *Strasbourg*, 20 *février* 1776. *Kléber*.

101 PASQUIER. Louis XVIII. Portrait, aquarelle.

102 POUSSIN (d'ap.). Les Bergers d'Arcadie. Grand dessin aux trois crayons.

103 Sous ce numéro, les objets non catalogués.

Renou et Maulde, imprimeur de la Compagnie des Commissaires-Priseurs, rue de Rivoli, 144 10580

Camel		Delille		Marechal	
102	75				
3	25	43	50	206	50
6					
3	50				
4	50				
2				23	
		8			
				1	25
		1	75		
		3			
		2			
				2	
				78	50
122	00	58	25	311	25

[illegible]
[illegible]
[illegible] 3 lots
33 lots nos 103.

158

M. DELBERGUE CORMONT,
Comre Priseur,
8, Rue de Provence

14 Avril 1862

Vente de [illegible]
pour M. Vignier.

Ordres			587
affiches et afficheur	12	—	
[illegible] des vente	10	20	
déclaration de vente	1	70	
Timbre du procès verbal	2	50	
Enregistrement	5	40	
Versement [illegible] commune	18	60	
honoraires du Commissaire Priseur	18	60	
[illegible]	12		
homme de peine	5		
[illegible]	21	10	
Gratification	8		
[illegible] de M Vignier	30	—	
	156	60	
[illegible] les 5% [illegible]	29	30	
	127	30	127
			458
Impression de catalogue			31
Distribution des Catalogues, off. de la Poste 13. 50			427
papier chemises 1. 25			19
2 transports à l'hotel 5.			407
19. 75			

127. 30
31.
19. 75
178. 05

585
30
175,50

Reçu de Monsieur Peyrère pour la rente

de 280 [illegible] [illegible] le 15 avril 1862 10

14 [illegible] 10

Pour acquit [illegible]

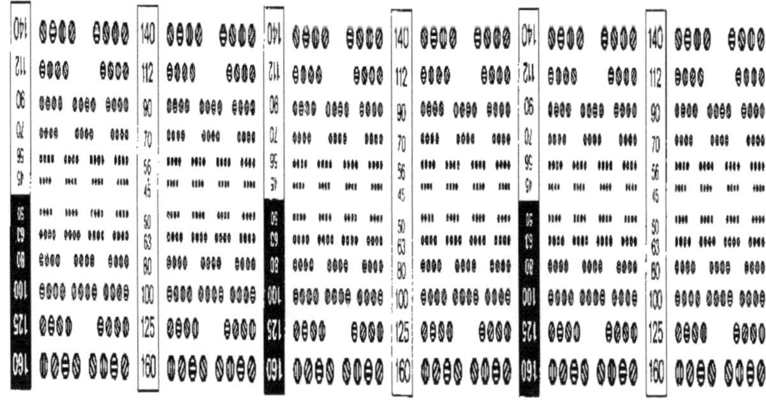

MIRE ISO N° 1
NF Z 43-007
AFNOR
Cedex 7 - 92080 PARIS-LA-DÉFENSE

www.ingramcontent.com/pod-product-compliance
Ingram Content Group UK Ltd.
Pitfield, Milton Keynes, MK11 3LW, UK
UKHW020230180726
13838UKWH00005B/2307